HISTORIAS DE PÁJAROS LOCOS

Historias de pájaros locos
Prepárese para Aves Extrañas que Habitan de Maneras Extrañas

Daryl Barnes

Ilustrado por: Stephen Adams

Para solicitar copias adicionales de este libro, comuníquese con:

Proisle Publishing Services LLC
39-67 58th Street, 1st floor
Woodside, NY 11377, USA
Phone: (+1 646-480-0129)
info@proislepublishing.com

CORPORACIÓN para la SALVACIÓN
¿Ha oído hablar de este pájaro loco?
Se llama Lorikeet Lunático
Que después de comer demasiado
De alimentos ricos que eran dulce
1
NECTAR

se caería todo en la calle

2
¿Has oído hablar de este pájaro loco?
Se llama el cuervo comunal
Que se alinea en fila

Y luego montan un espectáculo de graznidos
En un idioma que no conocerías

¿Has oído hablar de este **pájaro** loco?
Se llama Honeyeater
El macho gira para impresionar

baila como un campeón del mundo
como un encantador batidor de huevo

¿Has oído hablar de este pájaro loco?
Se llama el Crake creativo
Construyó un hogar en un lago

Donde los fuertes vientos la harían temblar
así que se dispuso a erigir un

¿Has oído hablar de este pájaro loco?
Se llama el Spoonbill, tan animado
Era tan inquieto
que se emocionaba cada día

se montaría en la pala de un molino de viento

¿Has oído hablar de este pájaro loco?
Se llama el Chotacabras Navegante

6

¿Seguiría una estrella brillante
Mientras toca melodías en la guitarra

A una isla con un bar de comida

¿Has oído hablar de este pájaro loco?
Se llama Silvereye, con plata por ojo.
Buscaba en árboles altos y bajos

en busca de bayas dulces para hornear en pasteles
para compartir con los amigos

¿Has oído hablar de este pájaro loco?
Se llama Cacatúa Rompedora.
Lo mastica todo
8

rompe las cerraduras del zoo
para que escapen sus amigos

¿Has oído hablar de este pájaro loco?
Se llama el Pato Mareado
un día se le acabó la suerte

9

Cuando se sumergió en el pantano
Y se le atascó el pico

¿Has oído hablar de este pájaro loco?
Se llama Fairy-wren, muy cariñoso
Se preocupa por su familia de diez

10

Manteniéndolos a salvo en un corralito
escondiéndolos en un gran nido

¿Has oído hablar de este pájaro loco?
Se llama Rail Construyó una casa
flotante con una vela

11
Alrededor del exterior puso una barandilla
Algo a lo que agarrarse en un fuerte vendaval

¿Has oído hablar de este pájaro loco?
Se llama kite
tan agudo en vuelo como el uso de gafas
Pero al lanzarse desde gran altura
12
26

a menudo se estrella contra una farola

1 Lorikeet

¿Sabía que los Lori Arcoiris pueden desorientarse y actuar como si estuvieran borrachos cuando comen demasiado néctar? Este pájaro es una especie grande, de colores brillantes y a veces muy ruidosa. Este pájaro multicolor puede verse a menudo alimentándose gregariamente de fruta, néctar, flores, semillas y bayas.

Rainbow Lorikeet

2 Cuervo

¿Sabía que los cuervos pueden ser muy ruidosos cuando se reúnen en grupos? El cuervo de Torres tiene un aspecto muy similar al de todos los demás cuervos de Australia. Este cuervo se ha adaptado bien a la vida urbana y es un carroñero oportunista de restos de comida y animales atropellados.

Torresian Crow

3 Honeyeater

¿Sabía que los Mielero de Hindwood bailan una danza de alas intermitentes para atraer a su pareja? El Bolemoreus hindwoodi se encuentra generalmente por encima de los 500 metros de altitud en una zona de 5.000 kilómetros cuadrados de la cordillera de Clarke, al oeste de Mackay, en Queensland. Construye su nido en lo alto de la selva tropical del Parque Nacional de Eungella y ocupa el área de distribución más reducida de todas las aves de Australia continental.

Eungella Honeyeater

4 Crake

¿Sabía que los Polluela Cejiblanca construyen sus nidos en densos juncos o en la hierba junto a los bajíos de un pantano o un lago? Se necesita habilidad, paciencia y algo de suerte para avistar un cangrejo. La Poliolimnas cinereussuele ser un ave muy sigilosa que vive en los márgenes de agua dulce, donde hay abundante cobertura. Esta pequeña ave se adentra en el agua para alimentarse de los nenúfares cercanos y de los restos flotantes

White-browed Crake

5 Spoonbill

¿Sabía que las espátulas mueven continuamente la cabeza de un lado a otro mientras vadean por las aguas poco profundas de los humedales? En Australia hay dos especies de espátulas. La espátula real, de pico negro, y la de pico amarillo buscan alimento con sus picos en forma de cuchara ligeramente abiertos para capturar crustáceos, insectos y peces diminutos. Estas aves pueden recorrer largas distancias elevándose a gran altura para encontrar nuevas zonas de alimentación.

Royal Spoonbill

6 Chotacabras

¿Sabía que el Egotelo Australiano se activa al anochecer alimentándose de insectos que pilla al vuelo? Todos los chotacabras, como los búhos, se alimentan de noche, por lo que rara vez se ven durante el día. Sin embargo, puede que descubra al diminuto Aegotheles cristatus en el hueco de un árbol con sus grandes ojos mirándole.

Australian Owlet-nightjar

7 Anteojitos Dorsigrís

¿Sabía que las Zosterops lateralis pueden encontrarse alimentándose en grupos pequeños o grandes en busca de frutos blandos y bayas? Esta pequeña ave disfruta de la mayoría de los hábitats de su área de distribución, desde el nivel del suelo o cerca de él hasta las copas de los árboles, donde busca alimento. Las subespecies meridionales emigran al norte una vez finalizada la reproducción estival, para escapar del frío invernal.

Silvereye

8 Cacatúa

¿Sabía que las cacatúas tienen picos curvos, fuertes y destructivos que pueden abrir nueces, pero también causar daños en postes eléctricos y viviendas de madera? Las cacatúas pertenecen a una familia de aves muy distinta y muy australiana. Como la mayoría de las especies de cacatúas, la Cacatua galerita tiene un canto fuerte y penetrante que se oye a menudo cuando sobrevuelan o se reúnen en bandadas.

Sulphur-crested Cockatoo

9 Pato

¿Sabía que se han observado parejas de patos de orejas rosadas cabeza con cabeza y girando en círculo creando un remolino para conseguir comida? Como todas las especies de patos, el pato de orejas rosadas nunca está lejos del agua. Se distingue fácilmente de otras especies de patos por sus flancos rayados, un pico único, una mancha ocular oscura y una llamativa mancha rosa detrás del ojo.

Pink-eared Duck

10 Fairy-wren

¿Sabía que las Zosterops lateralis pueden encontrarse alimentándose en grupos pequeños o grandes en busca de frutos blandos y bayas? Esta pequeña ave disfruta de la mayoría de los hábitats de su área de distribución, desde el nivel del suelo o cerca de él hasta las copas de los árboles, donde busca alimento. Las subespecies meridionales emigran al norte una vez finalizada la reproducción estival, para escapar del frío invernal.

Red-backed Fairy-wren

11 Rail

¿Sabía que los Rails tejen hierbas, cañas o juncos para construir nidos muy resistentes? Al igual que los miembros de la familia de los crakes, los rails rara vez vuelan. El Hypotaenidia philippensis tiene la distribución más amplia de las tres especies de rails de Australia. Puede ser difícil de ver entre la densa vegetación de los humedales, lagos, ríos, lagunas costeras y alcantarillados.

Buff-banded Rail

12 Kite

¿Sabía que todos los kites tienen una vista excelente y pueden planear sin esfuerzo durante horas cuando buscan comida? Los milanos brahmán adultos son fácilmente reconocibles por su cabeza y pecho blancos. Generalmente prefiere el entorno costero de la mitad norte de Australia, donde se alimenta de forma oportunista, planeando por las costas, manglares y marismas en busca de carroña, pequeños peces y criaturas marinas.

Brahminy Kite

www.ingramcontent.com/pod-product-compliance
Lightning Source LLC
Chambersburg PA
CBHW041057050726
47599CB00018B/2178